BILLIE B. BROWN

Sally Rippin

B Bruño

BILLIE B. ES LA MEJOR

Título original: *Billie B Brown,*
The Pocket Money Blues / The Birthday Mix-up
© 2012 Sally Rippin
Publicado por primera vez por Hardie Grant Egmont, Australia

© 2017 Grupo Editorial Bruño, S. L.
Juan Ignacio Luca de Tena, 15
28027 Madrid
www.brunolibros.es

Dirección Editorial: Isabel Carril
Coordinación Editorial: Begoña Lozano
Traducción: Pablo Álvarez
Edición: María José Guitián
Ilustración: O'Kif
Preimpresión: Peipe, S. L.
Diseño de cubierta: Miguel Ángel Parreño Barragán
ISBN: 978-84-696-2087-8
D. legal: M-9610-2017
Printed in Spain

BILLIE B. BROWN

PROBLEMAS
DE DINERO

Billie B. Brown tiene tres muñecas de pelo largo y un oso de peluche viejecito que le encanta. ¿Sabes qué significa la B que hay entre Billie y Brown?

¡Justo, lo has adivinado! Es la B que hay, por duplicado, en

CONEJITO BEBÉ

tres muñecas

osito de peluche

Billie B. Brown tiene muchas, muchísimas ganas de tener un Conejito Bebé. Los Conejitos Bebé tienen la piel suave y grandes ojos chispeantes. Los Conejitos Bebé tienen incluso una serie en la televisión.

Todas y cada una de las compañeras de clase de Billie tienen un Conejito Bebé. Pero Billie no…

—Mamá, POR FaVOR, POR FaVOR, quiero un Conejito Bebé —le suplica Billie a su madre.

—No, cielo, ya te he dicho que tienes que esperar hasta Navidad para pedírselo a Papá Noel.

—Pero ¡para eso falta un montón! —exclama Billie—. No puedo esperar tanto.

—¿Por qué no tratas de ahorrar para comprártelo tú?

—Ya tienes algo de dinero en tu hucha —interviene el padre de Billie—. ¿Y si haces algunos trabajillos para ganar un poco más?

—¡Vale! —dice Billie—. ¿Qué puedo hacer?

—Bueno, podrías poner en orden tus juguetes —sugiere su madre—. Tirar los que estén rotos y regalar los que ya no usas.

—Eso no es un trabajo, mamá.
Vamos, que no es como
recoger hojas o cortar el
césped.

—Eres demasiado pequeña
para cortar el césped —dice
el padre de Billie—. Pero sí
puedes recoger las hojas que
hay en la entrada del garaje.
Las escobas están en el
cobertizo.

—¡Guay! —responde Billie,
y sale corriendo por la puerta
de atrás.

—¡Eh, Billie! —la saluda Jack desde el otro lado de la valla—. ¿Vienes a jugar a los bolos? He hecho unos con unas botellas de plástico, y una bola con unos trapos. ¡Ven a verlo!

Billie suelta una risita y dice:

—Ahora no, Jack. Tengo que recoger las hojas de la entrada del garaje.

—¿Puedo ayudarte?

—¡Claro! ¡Muchas gracias!

Billie y Jack se esfuerzan
mucho. Cada uno con una
escoba, barren bien la suciedad
y las hojas acumuladas. Luego
Jack coge una bolsa de basura
gigante, la mantiene abierta y
Billie echa dentro toda la basura.

Cuando han acabado, el padre
de Billie sale para admirar su
trabajo.

—¡Ha quedado muy bien, cariño! —dice, y le da a su hija unas monedas.

—¡Gracias, papá! ¡Gracias, Jack! ¡Nos vemos mañana! ¡Adiós! —exclama Billie, y sube corriendo a su habitación para guardar el dinero en su hucha.

Está emocionadísima.

¡Pronto tendrá suficiente para su Conejito Bebé!

Capítulo 2

La tarde del día siguiente, que es viernes, Billie le pregunta a su padre si tiene otra tarea para ella. Al oírla, su madre grita desde la cocina:

—¿Qué te parece si pones en orden tus juguetes?

—¡Mamáááááá! —protesta Billie.

—Hay que lavar el coche —dice su padre—. Pero es un trabajo muy duro…

—¡No te preocupes,
podré! —responde Billie,
que corre inmediatamente
al cobertizo.

Allí busca dos cubos;
uno lo llena de agua con jabón
y el otro de agua limpia.

Luego los saca a la calle y ve
que Jack está sentado en las
escaleras que llevan
a la puerta principal
de su casa.

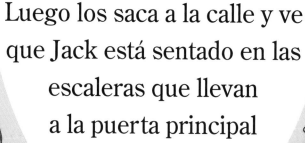

—Eh, Billie —grita—, ¿quieres jugar a los bolos ahora?

—No puedo —responde Billie—. Tengo que lavar el coche.

—¿Puedo ayudarte? —le pregunta Jack.

—¡Pues claro! ¡Muchas gracias!

Billie lava el coche con una esponja grande. Jack aclara el jabón con agua. Es un trabajo duro, pero Billie y Jack se lo pasan bien.

Cuentan chistes y se parten
de risa.

Al cabo de un rato se quedan
sin agua y, para ahorrar viajes,
sacan la manguera.

Con ella se salpican
y se vuelven a reír.

Cuanto más limpian el coche,
más se ensucian ellos, pero al
final el coche queda reluciente.
Y Billie y Jack, cansadísimos
y sucios.

¡Es hora de tomar un baño!

—¡Buen trabajo! —dice el padre de Billie, y le da a su hija algunas monedas más.

Billie y Jack se despiden y ella se va directa a la ducha.
A Billie le encanta ducharse con agua calentita y su gel preferido, que huele…

¡Sí, lo has adivinado!
¡A plátano, claro!

Más tarde, Billie se tumba en la cama a contar su dinero.

Hoy ha ganado un montón,
pero necesita más para poder
comprarse su Conejito Bebé.
Aunque hacer tareas domésticas
es muy cansado, la verdad.
Tiene que pensar en otra cosa.

Justo entonces, la madre de
Billie llama a la puerta de su
habitación.

—¿Te apetece un vaso de
limonada, cariño? Te lo mereces,
porque has trabajado mucho.

Eso le da una idea a Billie.
¡Una idea de las suyas!
¡Una idea fantástica, genial!
¿Adivinas lo que está pensando?

—¡Gracias! —le dice Billie a su
madre, y se bebe la limonada
de un trago—. ¡Ahora tengo
que ir a ver a Jack!

Billie corre al patio trasero y se
cuela por el agujero de la valla.
Su amigo está sentado en la
mesa de la cocina con su madre.

—¡Hola, Jack! —le saluda—.
Tengo un plan con el que
podremos ganar un montón
de dinero. Vamos a necesitar
limones…

Luego Billie mira a la madre de
Jack y le pregunta:

—Por favor,
¿podemos coger
unos cuantos
de su limonero?

—Claro. Quieres
hacer limonada,
¿verdad?

—¡Sí! —responde Billie.

—¡Un puesto de limonada!
—ríe Jack—. Es una gran idea.
¡Hagamos también unos
carteles!

—¡Estupendo! —replica Billie,
sonriendo de oreja a oreja.

Está muy CONTENTA. Pronto
tendrá suficiente dinero para
comprarse su muñeco.

Capítulo 3

Billie y Jack salen al jardín
y cogen todos los
limones maduros.

La madre de Jack
los ayuda a
exprimirlos y a
mezclar el zumo
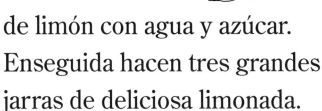
de limón con agua y azúcar.
Enseguida hacen tres grandes
jarras de deliciosa limonada.

Luego Billie y Jack colocan
una mesa pequeña en la acera.

Mientras la madre de Jack arranca las malas hierbas del jardín delantero, Billie y Jack empiezan a vender vasos de limonada a la gente que pasa.

La señora Batte, que vive al otro lado de la calle, les compra cuatro vasos. ¡Debe de tener mucha sed! ¡Incluso deja que Billie y Jack se queden con el cambio!

Por el puesto de Billie y Jack
pasan algunos de sus
compañeros del cole, varios
vecinos más ¡y hasta un par
de turistas!

La venta de limonada es todo
un éxito, tanto que en una hora
ya no les queda ni una gota.

Billie y Jack suben corriendo a
la habitación de Billie y echan
en la hucha el dinero que
acaban de ganar.

—Con un trabajillo más,
tendré suficiente para
comprarme un Conejito Bebé.
¡AY, QUÉ EMOCIÓN!

—¡¿Qué?! —dice Jack—. Yo no
quiero un Conejito Bebé. Ni
siquiera me gustan. Son una
CURSILADA.

—¡No, señor, son una
MONADA! —exclama Billie—.
He trabajado mucho para
poder comprarme uno.

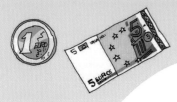

—¡Yo también
he trabajado mucho!
—replica Jack—.
Así que la mitad
de ese dinero es mía.
Y yo no quiero
que compremos
un Conejito Bebé.
Quiero que compremos
algo que nos guste
a los dos.

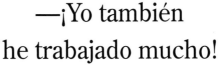
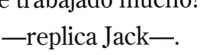
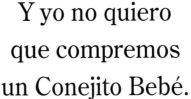
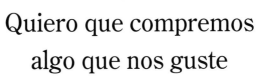
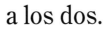

Billie frunce el ceño. Jack no lo entiende: ¡ella necesita un Conejito Bebé! Todas las niñas de su clase tienen uno: todas menos ella; ¡y eso no es justo! ¡Los Conejitos Bebé son lo máximo!

—¡Yo no te pedí que me ayudaras! —suelta Billie bruscamente—. ¿O sí?

Jack se queda boquiabierto, pero al cabo de un momento exclama:

—¡Eres mala, Billie!
Y que sepas que no volveré
a ayudarte jamás.

Y, después de decir eso,
se va de la habitación
muy enfadado.

Billie agacha la cabeza y mira su hucha.

Efectivamente, hay una parte de Billie que se siente mala. A esa parte le gustaría pedir disculpas, pero entonces tendría que compartir el dinero con Jack. Y, por supuesto, de esa manera no podría comprarse un Conejito Bebé.

Billie no sabe qué hacer.

Justo entonces, la madre de Billie asoma la cabeza.

—¿Cómo van tus ahorros, cariño?

—Creo que con un trabajillo más tendré suficiente —responde Billie en voz baja.

—¿Y si ordenas tus juguetes? —le propone su madre.

Billie suspira y empieza a ordenar. En un lado pone los juguetes rotos. En otro, los que ya no le sirven. Y, mientras tanto, piensa en Jack. Con él todo es más divertido…

Capítulo 4

Esa noche, la madre de Billie va a arroparla.

—Gracias por ordenar tus juguetes, cielo —dice—. ¿Te apetece que vayamos mañana a comprar tu muñeco nuevo?

—Sí, gracias, mamá —contesta Billie.

Pero lo cierto es que no se siente tan feliz como pensaba que se iba a sentir cuando por fin tuviera su Conejito Bebé…

A la mañana siguiente, Billie, Tom y su madre se dirigen en coche al centro comercial.

Después de aparcar, los tres comienzan a recorrerlo.

Como es sábado, está lleno de gente.

—¿Has traído el dinero, Billie? —le pregunta su madre.

Billie asiente y poco después entran en una enorme tienda de juguetes, tan grande como un supermercado.

Cuando Billie ve tantos
juguetes, se pone
otra vez contenta.

Ella y su madre, con Tom
en el cochecito, caminan
pasillo arriba, pasillo abajo,
hasta que ¡por fin
encuentran los Conejitos
Bebé!

Hay uno moteado, otro rosa pastel; otro con ojos centelleantes; e incluso hay uno vestido de princesa. Son todos tan bonitos, PERO TAN TAN BONITOS, que Billie no es capaz de decidirse.

—Venga, cariño, Tom se está poniendo nervioso —dice la madre de Billie—. ¿Has escogido ya?

Billie sigue sin decidirse. Pero es que cuanto más mira los Conejitos Bebé, más difícil le parece. Y no precisamente porque haya un montón de modelos y todos sean preciosos, no.

¿Sabes lo que le pasa?

Pues sí, has acertado.

No puede evitar pensar en Jack. Recuerda lo mucho que ha trabajado para ayudarla. Y mira un Conejito azul…

Recuerda que Jack y ella siempre lo comparten todo. Y mira un conejito con una oreja blanca y otra amarillita…

Y de repente Billie decide que ya no quiere ningún Conejito Bebé. Si Jack no lo quiere, ella tampoco.

Y a continuación tiene una iDea FaNtástica. Ya sabe exactamente en qué quiere gastarse el dinerillo que ha ganado. ¿Y tú? ¿Sabes en qué está pensando Billie?

Billie se vuelve hacia su madre y le dice:

—Pues… me parece que voy a comprar otra cosa.

—¿En serio? —replica su madre, sorprendida—. ¿Y qué pasa con tu Conejito Bebé? Creía que tenías muchas, pero muchas ganas de tener uno…

—No… —contesta Billie, encogiéndose de hombros—. La verdad es que puedo esperar hasta Navidad.

A toda velocidad, Billie recorre los pasillos de nuevo, encuentra lo que estaba buscando, lo coge y corre hasta la caja para pagarlo. Allí se lo envuelven con un papel superchulo.

De camino a casa, lleva la caja entre los brazos, bien agarradita. ¡Está emocionada y ansiosa por ver la cara que pondrá Jack cuando le enseñe lo que ha comprado!

BILLIE B. BROWN

¡FELIZ CUMPLEAÑOS!

Capítulo 1

Billie B. Brown tiene un montón de globos y, escondidos detrás de la espalda, unos rotuladores y diez invitaciones.

¿Sabes lo que significa la B que hay entre Billie y Brown? Pues sí, efectivamente. Es la B que verás en la palabra

CELEBRACIÓN

Pronto será el cumpleaños
de Billie B. Brown. Está
SUPEREMOCIONADA,
pero tiene un PROBLEMILLA…

Sus padres solo le dejan invitar
a la fiesta a diez amigos, pero
en su clase son veinte… Billie
querría invitarlos a todos, pero
sus padres han dicho que no,
no y NO. ¡Dicen que con diez
niños montando follón tienen
más que de sobra!

Billie va a escribir las invitaciones. Pero primero tiene que:

① Decidir a quién invita.

② Hacer pruebas antes de pasar las invitaciones a limpio, para que queden chulísimas.

Jack va a ayudarla. Jack es el mejor amigo de Billie; viven puerta con puerta y pasan mucho tiempo juntos.

—¡Ya sé! —dice Billie, haciendo cuentas con los dedos—. Hay exactamente diez chicas en nuestra clase, sin contarme a mí. Así que solo las invitaré a ellas.

—¿Y yo qué? —pregunta Jack.

—Ah —contesta Billie—, es verdad.

¡Billie no puede hacer una fiesta y no invitar a Jack!

—Bueno, quizá no invite a Lola. A veces se pone un poco pesada. ¿Qué tal nueve chicas y un chico?

—Entonces Lola será la única chica a la que no invites, y yo creo que no le va a gustar —apunta Jack—. Herirás sus sentimientos y se enfadará.

—Tienes razón —dice Billie.

—¿Qué tal si invitas a cinco chicas y cinco chicos? Sería lo más justo.

—¡Buena idea!

Billie sigue dándole vueltas
y más vueltas al tema y al final
decide invitar a cuatro chicos
y seis chicas.

Para no equivocarse, Billie le
pide a su madre que le escriba
el día y la hora en un trozo

de papel. Así lo copiará y las invitaciones quedarán perfectas.

La madre de Billie anota los datos deprisa, porque Tom tiene hambre y ha empezado a llorar.

Este es el texto que escribe la madre de Billie:

sábado, 4 de abril 17.30

Billie lo copia en las diez invitaciones, cambiando el nombre de los invitados, con lápices de colores. Le han quedado preciosas, ya verás…

FIESTA

QUERIDO/A Rebecca ....

POR FAVOR, VEN A MI FIESTA

EL DÍA Sábado, 4 de abril .....

HORA 7:30 ....

DE: Billie

Capítulo 2

Solo faltan cinco días para la fiesta de cumpleaños de Billie; cinco días que se le están haciendo ETERNOS.

En el cole comprueba a diario si todos los niños a los que ha invitado van a ir. Les pregunta en susurros, para que no se enteren los niños a los que no ha invitado porque se sentirían marginados.

—¿Vas a venir a
mi fiesta este sábado?
—le susurra Billie a
Rebecca durante una clase.

—¡Sí! —responde Rebecca—.
Me lo has preguntado
ya diez veces, Billie.

—¿Me vas a hacer
algún regalo? —vuelve
a preguntar Billie.

—¡Billie y Poppy, por favor! —exclama la profe—. ¡En clase no se cuchichea!

Billie se calla, pero está tan NERVIOSA que no puede parar quieta. Así que le pregunta a otro amigo por lo bajini. Y luego a otro. Y luego a otro más. Y después se pone a morder el lápiz y a dar saltitos en la silla.

Entonces la señorita Walton comenta:

—Billie, ¡parece que te has tragado un rabo de lagartija!

—¡Puaj, qué asco, profe!
¡Yo no me he tragado nada,
y menos un rabo de lagartija!
—replica Billie.

—Es una frase hecha, cielo.
Quiere decir que alguien está nervioso y no para de moverse.
Anda, ven aquí —añade la mujer, y se levanta y se lleva a Billie a la primera fila.

Por las tardes, Billie y Jack piensan qué juegos y actividades harán en la fiesta. Billie tiene un cuaderno violeta donde anota la lista. Pero la va cambiando todos los días y al poco tiene este aspecto:

~~Fútbol x~~

Patata caliente √√

~~Casitas~~ Casitas √

¿Baile?

Fútbol √

Pillapilla √ ~~chicos contra chicas x~~

Capturar la bandera √√

Juego de las sillas √

Todas las noches, Billie les pregunta a sus padres cuánto falta para la fiesta. Y todas las noches, invariablemente, su padre responde:

—Una noche menos que la última vez que lo preguntaste, Billie.

—No te preocupes, cariño —dice su madre—. A nadie se le va a olvidar venir.

Pero Billie no lo tiene tan claro
y empieza a angustiarse.

Todas las noches se acuesta
y antes de quedarse dormida
piensa lo mismo.

¿Y si a sus amigos no les
gustan los juegos que ella
y Jack han
preparado?

¿Y si no
les gusta
la comida?

PiZZa
aSQUEROSiLLa.
¡PUaJ!

¿Y si los chicos no quieren jugar con las chicas y acaban todos peleados?

Y lo peor de todo: ¿y si no se presenta nadie?

Capítulo 3

Por fin llega el sábado, ¡el día del cumpleaños de Billie!

Billie entra corriendo en la habitación de sus padres para ver si están despiertos.

La madre de Billie está sentada en la cama con Tom.

Su padre duerme profundamente y Billie empieza a pegar botes en el colchón para despertarlo.

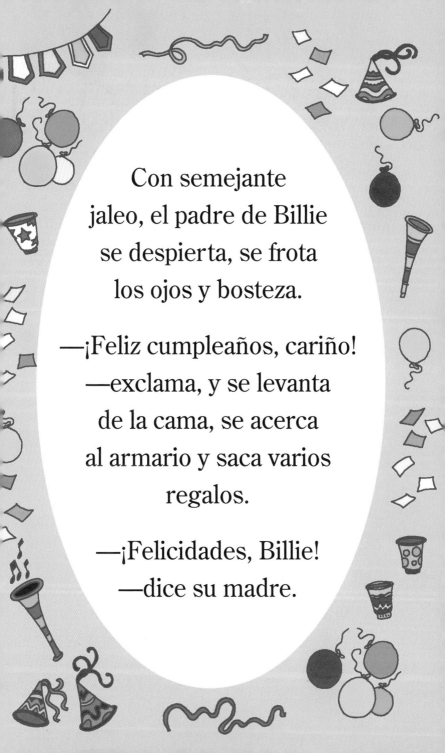

Con semejante
jaleo, el padre de Billie
se despierta, se frota
los ojos y bosteza.

—¡Feliz cumpleaños, cariño!
—exclama, y se levanta
de la cama, se acerca
al armario y saca varios
regalos.

—¡Felicidades, Billie!
—dice su madre.

Billie coge los regalos
y empieza a dar botes otra vez.
Luego se sienta en la cama,
abre los paquetes y descubre
un montón de cosas
maravillosas. Se siente muy
aFORtuNaDa.

—¡Cuidado, no dejes que Tom
se coma el papel de regalo!
—ríe su madre.

Billie, Tom, su madre y su
padre se dan un gran abrazo
de cumpleaños en la cama
y luego, de repente, Billie
se incorpora.

—¿Qué hora es? —pregunta—. ¿Se acerca la hora de mi fiesta?

—No, Billie, ¡falta muchísimo! —contesta su madre—. Tus amigos no llegarán hasta las cinco y media. Ya sabes que luego habrá merienda.

—Y, además, ahora deberías ir a casa de Jack —dice el padre de Billie—. ¿Te acuerdas de que hoy te iban a preparar un desayuno especial de cumpleaños?

—¡Es verdad! —exclama
Billie—. ¿Puedo quedarme
a jugar con Jack después
de desayunar?

—De acuerdo —contesta
su madre—. Papá y yo nos
levantaremos enseguida para
preparar la fiesta.

Billie se pone su bata, corre
escaleras abajo y sale al jardín
trasero. Desde allí, colándose
por el hueco de la valla, cruza
al jardín de Jack.

Jack está en la cocina, sentado a la mesa. Billie llama a la puerta con los nudillos.

—¡Entra, Billie! —dice la madre de Jack—. ¡Feliz cumpleaños! Tu desayuno favorito está listo. ¡Tortitas de plátano!

—¡Muchísimas gracias! —exclama Billie.

Ella y Jack devoran las tortitas y luego él le da a Billie su regalo. ¡Es un juego de construcción! ¡Justo lo que Billie quería!

Billie y Jack se sientan en el cuarto de estar y construyen un fantástico cohete espacial. El tiempo se les pasa volando y enseguida llega la hora de comer. ¡Ya no queda nada para la fiesta!

Capítulo 4

Billie y Jack han quedado mucho antes de la hora señalada en casa de Billie. Dan los últimos toques a la decoración y ayudan a colocar las sillas, las mesas y la comida.

—¡Bueno, ya está todo listo! —anuncia la madre de Billie, sonriendo—. ¿Por qué no os sentáis en las escaleras de entrada para esperar a los invitados?

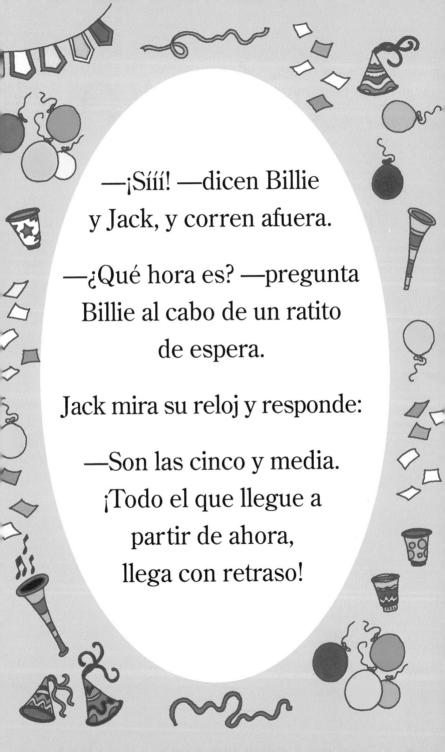

—¡Sííí! —dicen Billie
y Jack, y corren afuera.

—¿Qué hora es? —pregunta
Billie al cabo de un ratito
de espera.

Jack mira su reloj y responde:

—Son las cinco y media.
¡Todo el que llegue a
partir de ahora,
llega con retraso!

—Bueno, enseguida empezarán a llegar. Le pregunté a todo el mundo y todos tenían intención de venir.

Billie y Jack esperan. Esperan y esperan. Y esperan y esperan. Pero nadie aparece.

—¿Qué hora es, Jack? —le pregunta Billie en un susurro.

—Son las seis —responde él, PREOCUPADO.

Billie frunce el ceño. No puede ser que TODOS sus amigos lleguen tarde, ¿no?

Entonces se le hace UN NUDO EN EL estómago. Su labio inferior empieza a temblar y una enorme lágrima cae rodando por su mejilla.

¡Está claro, nadie va a acudir
a su fiesta de cumpleaños!

Al cabo de un momento la madre
de Billie sale a las escaleras.

—¡Qué cosa más rara! —dice—.
Todavía no ha venido nadie.

Entonces Billie no puede
aguantar más y se deshace
en lágrimas.

—¡No van a venir! —grita—.
¡No le caigo bien a nadie!

La madre de Billie le da
un abrazo muy fuerte y luego
le pregunta:

—¿Has repartido todas las invitaciones?

—¡Sí! —chilla Billie.

—¿Has preguntado si todo el mundo podía venir?

—¡Sí! —vocifera Billie—. ¡Claro que lo pregunté! ¡Todos los días! ¡Una y otra vez!

Billie llora y llora DESCONSOLADAMENTE.

Jamás podrá olvidar ese cumpleaños. Pero porque es EL PEOR DE SU VIDA.

Ninguno de sus amigos del colegio ha acudido a su fiesta. Por su cabeza desfilan un montón de ideas: ¿estarán enfadados con ella? ¿Habrá hecho algo mal? Billie piensa y piensa y no se le ocurre qué ha podido pasar...

—¿Estás segura de que escribiste bien la fecha y la hora en la invitación? —le pregunta su madre—. ¿Sábado cuatro de abril a las cinco y media?

—¡Sí, sí y sí! —se desgañita Billie.

Billie no para de llorar, pero de pronto Jack FRUNCE EL CEÑO. Parece que está recordando algo…

¿Y tú? ¿Tú también estás recordando algo? Seguro que sí…

Jack echa a correr hacia su casa, dejando a Billlie y a su madre muy sorprendidas.

—¿Adónde vas, Jack? —dice Billie entre hipos, pero él no contesta.

Unos minutos después, Jack vuelve junto a Billie y su madre. En una mano tiene un papelito que se mueve con el viento… ¿Qué crees que será?

¡Sí, lo has adivinado!
¡Es la invitación de Billie!

Jack SONRÍE de oreja a oreja.
¿Se te ocurre por qué?

Pasa la página y verás la invitación que lleva Jack…

¡Efectivamente! Billie ha anotado mal la hora. ¡En vez de las cinco y media ha escrito las siete y media!

La madre de Billie anotó la fecha y la hora tan rápido, que Billie no entendió bien su letra.

¡Por supuesto que sus amigos van a acudir a la fiesta, solo que llegarán más tarde!

Billie se frota los ojos y ríe con ganas. Jack y la madre de Billie también. ¡Vaya confusión más tonta!

—Ahora solo hay que tener un poquito de paciencia y esperar un rato más, Billie —dice su madre.

Y entonces Billie se mete corriendo en su casa y vuelve a salir con su cuaderno violeta.

¡Va a repasar su lista de juegos una vez más para que todo el mundo se lo pase GENiaL!

✻ ÍNDICE ✻

¡SI TE HAN GUSTADO
LAS AVENTURAS
DE BILLIE B. BROWN,
NO TE PIERDAS LOS DEMÁS
LIBROS DE LA COLECCIÓN!